청소부K

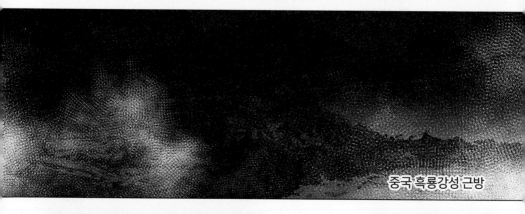

중국 흑룡강성 근방

哦, 好性感…
(오우, 몸매
죽이는데…)

嘿嘿!
(헤헤!)

껌벅

껌벅

Story by 신진우

嗯?
(응?)

차아악

Art by 홍순식

assist 안승후

你是誰?
(누구냐?)

哎喲!
(아악!)

哎哎喲!
(아아악!)

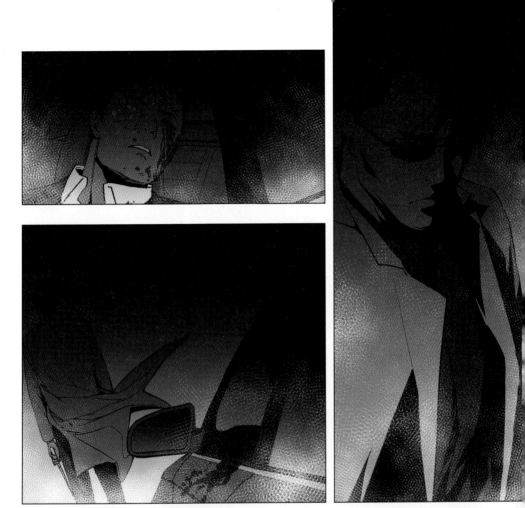

?

我叫你在
外面守着看…
就這樣忍不住！
(이 자식, 밖에서
망보랬더니
그새를
못 참고…)

嗯?
(응?)

你是誰?
(넌 누구냐?)

你他媽
敢進來！滾！
(여기가
어디라고
감히!
야, 꺼져!)

這是什么聲音?
你去看看.
(무슨 소리지? 야, 나가봐.)

是, 大哥.
(네, 형님.)

어이, 너희 둘.

입 벙긋만 해도 내장을
꺼내서 맞묶어버린다.
알겠어?

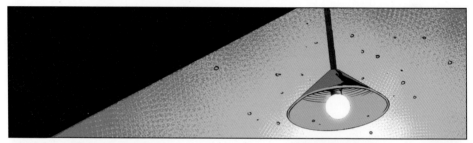

...

什么事?
(어이,
무슨 일이야?)

張震?
你回答呀!
(장첸?
대답해!)

張震…?
(장첸…?)

你看没错就回答呀! 这小子!
(맞으면 대답해! 이 새끼야!)

장첸은 이미 죽었다.

是什么混蛋! 去死吧!!

(어떤 새끼냐! 뒈져라!!)

11

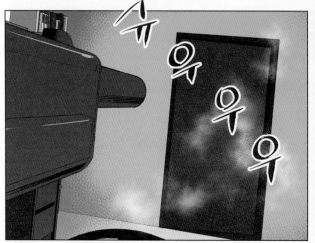

去死吧!!
(죽어!!)

54식 권총의
탄창은 아홉 발.

총을 쏠 때
남은 탄환 수를
확인하는 건
기본이지.

타앗

와르르

휘

악

啊！
(커억!)

哎哎唷!
(아아악!)

哎,哎呀…
(이, 이런…)

他妈的…!
(씨발…!)

아…

정말
감사합니다!

서 의원님,
괜찮으십니까?

고, 고맙소이다.
당신은 내 생명의
은인이오.

지갑.

네?

수고비.

아…

허허,
물론 수고비는
드려야죠.

얼마나…?

어?

저, 거기에
신용카드도
있는데…

아니… 이봐!
당신 뭘 믿고
그렇게 뻣뻣해.
앙!

이분이
누군지
알아?

목숨 건진
것만으로
만족해.

내년에 국회의원에
출마하실 서인규
시의원님이라구!

안 봐도 뻔하군.

해외 시찰 나와서
외국 여자, 그것도
영계한테
침 흘리다가
납치나 당하는 놈이
국회의원 출마라…

케켁!

아니, 이 사람.
왜 이래!
이거 안 놔!

만약 경고를 어기면
그날로 죽여
버리겠어. 알겠나?

이봐, 경고하는데
국회의원
출마하지 마.

니엡…!

딸
싹

자, 잠깐만…!

다, 당신 이름이
뭐요…?

주중 대한민국 대사관, 베이징

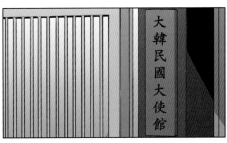

大韓民國大使館

정보관리과

『중국서 한국인인 2명
납치됐다 5일만에 풀려나』

기사에 다행히
우리 얘긴 없구면.

이런 일까지 시켜서
미안하네, 진. 믿고 맡길 만한
사람이 자네밖에 없어서.

고생 많았어.

툭

이건 뭔가?

이걸로 쇼핑이라도 하지 그랬나?

해결사인 척 행세하다 보니 생긴 보너스입니다.

아쉽게도 여기서 쓸 수 있는 카드가 아니라서요.

그렇군.

암튼 이번 임무는 여기서 마무리 짓도록 하지.

스윽

그리고…

자네, 수희라고 딸아이 하나 있지?

25

자네 모친께서 본사로 연락을 취하셨다더군. 수희에게 문제가 생겼다면서.

일주일 말미를 줄 테니까 서울에 갔다 오도록.

...

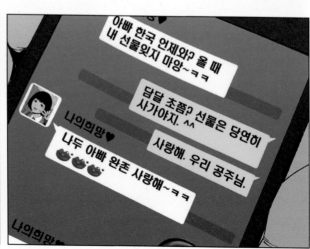

아빠 한국 언제와? 올 때 내 선물잊지 마앙~ㅋㅋ

담달 초쯤? 선물은 당연히 사가야지. ^^

나의희망♥

나두 아빠 완존 사랑해~ㅋㅋ 🍅🍅🍅

사랑해. 우리 공주님.

나의희망♥

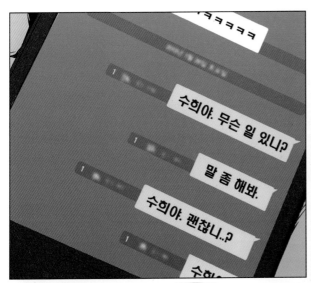

ㅋㅋㅋㅋㅋ

수희야. 무슨 일 있니?

말 좀 해봐.

수희야. 괜찮니..?

수희

고객님.
죄송합니다만, 기내에서
핸드폰 통화나 문자 사용은
금지되어 있습니다.

아, 네.

저예요, 어머니.
수희한테 뭔 일 있어요?
메시지 보내도
보지도 않고.

알겠습니다.
지금 병원으로
갈게요.

조금만 기다리세요.

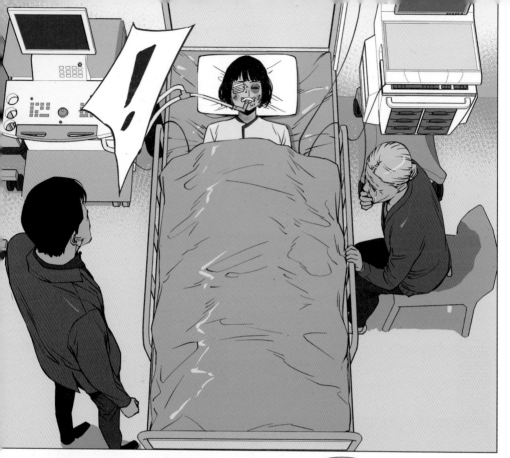

이게 어떻게 된 일입니까…?

수희가…

네…? 교, 교회 오빠들요?

언제요?

그제, 일요일 날.

교회에서 오후 예배 보고 약속이 있다고 그러더라고.

달그락

달그락

약속? 누구랑?

석훈 오빠가 목사님
아들인 건 알고 계시죠?
이제 좀 안심이
되십니까아?

그려, 암튼 몸조심하고,
혹시나 으슥한 데
가자구 해도
가지 말고.

알았지?

아놔, 할머니.
제발 잔소리는
1절만 해요.
진짜 네버 엔딩
잔소리야.
네버 엔딩!

할머니, 안 삐졌지?
나 일찍 들어올 거니까
너무 걱정하지 마~
아라찌?

이년이!

악!

이렇게 될 줄 알았다면,
그때 어떻게든 보내지
말았어야 했는데…

살려…

야산 인근 도로에서
벌거벗은 채로 발견되었다고.

나중에
들어보니,

그 교회 오빠란 것들이
수희에게 강제로 술을
먹인 후에 야산으로 끌고
올라가서는…

꽉 잡고
있어!

반항하는 애를
마구 때리고는
집단 성폭행을 한 후에
도망쳤다는 거야.

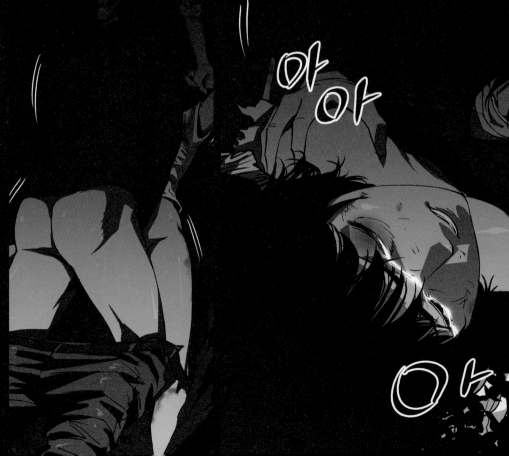

짐승만도 못한
새끼들…!

수희야.
정신이 드니?

뻑뻑

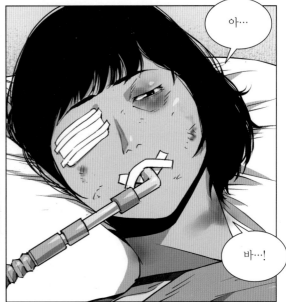

아…

바…!

그래. 아빠가
돌아왔어.

이제 안심하렴.
우리 공주님.

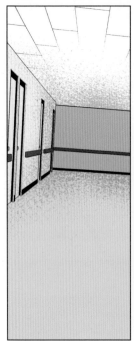

진료실2

이창진

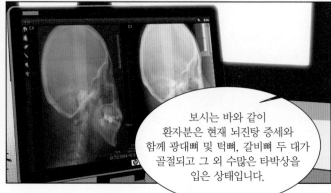

보시는 바와 같이
환자분은 현재 뇌진탕 증세와
함께 광대뼈 및 턱뼈, 갈비뼈 두 대가
골절되고 그 외 수많은 타박상을
입은 상태입니다.

그런데 솔직히
이런 육체적인 상처는
치료를 통해 얼마든지
완치가 가능합니다만,

더 큰 문제는
정신적인 충격입니다.
성폭행으로 인한
트라우마죠.

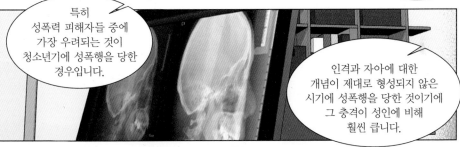

특히
성폭력 피해자들 중에
가장 우려되는 것이
청소년기에 성폭행을 당한
경우입니다.

인격과 자아에 대한
개념이 제대로 형성되지 않은
시기에 성폭행을 당한 것이기에
그 충격이 성인에 비해
훨씬 큽니다.

이런
어린 피해자들은
트라우마 안에서 자신을
괴롭히고 분노합니다.

또한 일상생활을
할 수 없을 정도로 사람을
두려워하거나 공격적,
폭력적으로 변하기도
하죠.

심한 경우
경계성 인격 장애가
생기거나 자살을 시도할
수도 있습니다.

치료가 가능하긴
한가요?

글쎄요.
성폭행 트라우마는
증상 호전에도 오랜 기간이
걸릴 뿐만 아니라 완벽히
치유되지도 않습니다.

슬픔과 자책,
원망과 분노의 감정들은
성인이 된 이후에도
늘 그림자처럼
따라다니죠.

그리고 또 한 가지.
제일 중요한 것이
있습니다, 아버님.

말씀드리기
참 어렵습니다만…

그래도 보호자분은
아셔야 할 거 같아서.

그 집단 성폭행
때문에 따님의 질 내부
및 자궁이 파열됐습니다.
항문까지 파열된
상태죠.

자세한 건
정밀 검사를
해봐야 알겠지만…
아마 여자로서 회복이
힘들 수도 있을 것
같습니다.

그, 그게 무슨
말씀이시죠?
여자로서 회복이
힘들다니…

서, 설마 임신이
안 된다는…?

네…
유감이지만
그렇습니다.

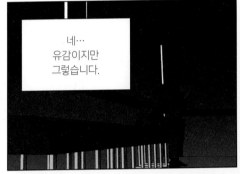

치료에서 무엇보다
중요한 것이 가족분들의
반응과 행동입니다.

부모님이 자녀의 성폭행 피해 사실을
알고 너무 놀라거나 당황하고,
힘들어하는 모습을 보이면
아이는 불안감에 휩싸여서
그 일에 대해 다시는 이야기를 안 하고
마음을 닫게 됩니다.

아이들은 본능적으로
'부모'라는 존재를 통해
안정감을 얻고 보호받고
싶어하기 때문이죠.

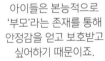

물론 보호자분도 힘드시겠지만,
더 놀랐을 따님의 마음을 달래주고
무슨 일이 벌어졌는지 말할 수 있는
용기를 갖도록 분위기를
만들어주는 것이 첫 번째 치료이자
가장 중요한 치료입니다.

아시겠죠?

43

아, 그리고 경찰서에서
보호자분 꼭 좀 와달라고
연락이 왔더라고요.

밤늦게라도 좋으니
오늘 꼭 좀 오시라고.

경찰이 새롭게 달라지겠습니다.

강력계

김 진 Kim jin
영업과장

mobile +82-10-xx65-67xx

김진이라고
합니다.

○○경찰서 강력팀
허삼수입니다.

그쪽에
앉으시죠.

네.

혹시 담배
태우십니까?

아뇨.
괜찮습니다.

그럼 전 잠깐 실례 좀 하겠습니다.

담배 한 대 필 틈도 없이 바빠서. 흐흐.

저기, 형사님.

혹시 가해자들 여기 있나요?

어떻게 생긴 놈들인지 면상이라도 보고 싶습니다만.

아… 지금 여기 없는데요.

불구속 입건으로 모두 귀가 조치시켰습니다.

불구속 입건요? 그건 죄질이 경미한 범죄에만 해당되는 거 아닌가요?

이건 미성년자를 유인해서 집단 성폭행에 구타까지 한 중범죄입니다.

범죄의 중대성을 놓고 보면 구속 수사를 해야 되는 것이 원칙 아닙니까?

이보세요. 선생님.

뭔가 착각하고 계신 것 같은데, 이 사건의 담당 수사관은 바로 접니다.

용의자가 주거지가 확실하고 증거 인멸의 우려가 없다고 판단되면, 담당 수사관의 재량에 따라 서면조사하고 귀가 조치시킬 수 있어요.

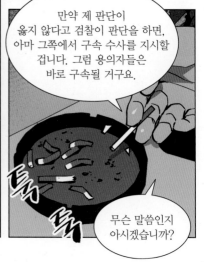

만약 제 판단이 옳지 않다고 검찰이 판단을 하면, 아마 그쪽에서 구속 수사를 지시할 겁니다. 그럼 용의자들은 바로 구속될 거구요.

무슨 말씀인지 아시겠습니까?

그리고요, 피해자의 일방적인 진술만 가지고 사람을 잡아 가둘 수 있다고 생각하면 큰 오산이에요.

명확한 객관적 증거가 있어야 개네들을 집어넣을 수 있는 거죠.

그리고 요즘 솔직히 어린 꽃뱀들이 의외로 많거든요.

아, 선생님 따님이 꽃뱀이라는 뜻은 절대 아닙니다.

꿈틀

다만 질 나쁜 청소년들이 돈 좀 벌어보려고 지들끼리 짜고 남자한테 덤터기를 씌우는 경우가 제법 많아요. 그렇기 때문에 저희는 더더욱 중립적인 입장에서 사건을 조사할 수밖에 없는 거고요.

강력 5반

그리고 말이 나온 김에 한 마디 더 하겠는데, 성폭행 사건은 남자한테도 책임이 있지만 여자도 만만치 않아요.

왜 부적절한 옷차림으로 밤늦게까지 남자랑 술 마시고 같이 쏘다닙니까?

그것도 어린 여자애가 말이에요. 하라는 공부는 안 하고. 참 나. 쯧쯧.

부들 부들

지금…

내 딸도 잘못이
있다는 말씀인가요?

미… 미성년자가
밤늦도록 술 마시고
돌아다니는 게
자랑은 아니잖아요.
그쵸?

뭘 봐

이 양반이
가해자 측 부모 대표인데,
전화 한번 달라고
하시네요.

서울중앙지방검찰청

형사 제1부 부장검사

조재영

02) 530-3114

檢察

울시 서초구 반포대로 158 (137-741)

시 체

아무튼 간에 제가
보호자분 오라고 한
이유는요.

거 보니까
가해자들 부모님들이
장난 아니던데,

미친개한테
한 번 물린 셈치고
적당히 합의 보세요.

더러워도
그게 따님을 위해서도
좋은 거잖아요.
안 그래요?

헐떡

아니,
그냥 개인적인
조언일 뿐이니까
그렇게 무섭게 노려보진
마시고. 헤헤.

조재영

301

형사 제1
부장검사실

서울지방검찰청

어떻게
오셨습니까?

11시에
조 검사님과
만나기로 한
김진입니다.

한 수 희
Han, su hee

아, 잠시만
기다려주세요.

똑똑

예.

검사님.
11시에 만나기로 하신
손님 오셨습니다.

아, 들어오라고
하세요.

네.

들어가시죠.

푸흡!!

의원님,
괜찮으십니까?

이걸로 닦으시죠.

건방진.

?

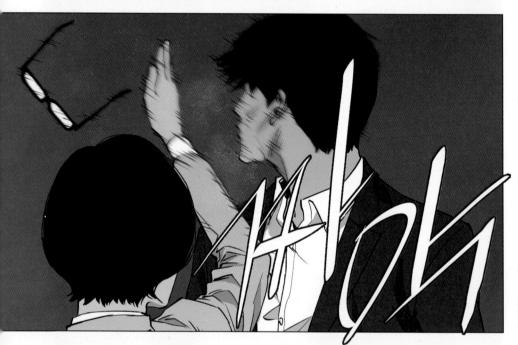

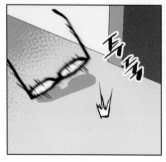

니 딸년이
꼬리를 쳐서
내 아들 인생이
엉망이 됐어!!

이 새끼야! 앞날이 구만리 같은 내 자식 삶에 큰 오점이 생겼다고!

우리 아들 인생 잘못되면 니들이 어떻게 책임질래? 응! 말해봐! 말해보라고!

장관님!

장관님, 괜찮으십니까?

장관…?

저, 저 자식 눈 봐. 얻다 대고 감히…!

어디 다친 덴 없으십니까?

야, 너 이 새끼.

뭐, 성폭행? 웃기고 있네. 내가 너랑 니 딸년, 명예훼손과 무고죄로 맞고소할 거야!

장관님, 너무 흥분하신 것 같네요. 밖에 나가서 화 좀 식히시죠.

그리고 방금 너 나 죽이려고 그랬지? 이 개새끼야.

내가 여자라고 그렇게 만만해 보이니? 응?

내가 누군지 알아? 나 이은경이야!

감히 미개한 천민 주제에 날 그렇게 죽일 듯이 노려봐? 너 오늘 사람 잘못 골랐어!

이제 고정하십시오, 장관님. 허허.

나 이은경이 절대 지고는 못 사는 성격이거든? 두고 봐. 너 반드시 후회하게 만들어줄 테니까!

제장… 술 먹고 다리 벌린 년 하나 때문에 이게 뭔 고생이람.

중국서 본 놈과 비슷한데… 잘못 봤나…?

저기…

이쪽에 잠깐 앉으시죠.

시간이 없으니까 단도직입적으로 말씀드리죠.

합의금은 섭섭지 않게 드리겠습니다. 고소 취하해 주십시오.

진짜 적반하장이 따로 없구먼.

뭐라고?

지금 당신 뭐라고 그랬어?

아무리 잘나가시는
분들이라 해도 이건 예의가
아니잖습니까.
안 그래요?

이보세요.
합의금 운운하기 전에
최소한 사과 몇 마디는
해야 되는 거
아닙니까?

예…의…?

어이, 아저씨.

이 사람이 아직
철이 덜 들었구먼.

대한민국에선
강한 자가 바로
법이야.

유전무죄
무전유죄.

이거 몰라?

검사님의
말씀 치고는
너무 비열하고
천박하기 짝이
없군요.

그래서?

지금 하신 말씀,
그대로 언론에
노출되면 어쩌려고
그러십니까?

언론에 노출?

하고 싶으면
마음껏 해봐.

웬만한 일간지
데스크는 다 내 인맥이거든?
당신이 아무리 언론에
호소해도 소용없을
거야.

그리고 이번 사건
기소나 될 것 같아?

설사 언론에
보도된다손 쳐도
더 굵직한 가십거리
터트려서 뒤덮으면
그만이고.

내가 바로
대한민국 검찰
수뇌부야.

내가 기소할
마음이 없으면 아무
소용없는 거라고.

이봐요.
김진 씨.

당신 무역 회사
영업과장이라고
그랬지?

내가 국세청에
한 마디만 하면
당신 회사 망하는 건
시간문제야.

대한민국에서 털어서
먼지 안 나는 놈 있어?

미안한 얘긴데,
나랑 싸우려 들지 마.

그냥 좆같아도
내 말 들어.

내가 마음만
먹으면 당신
실업자로 만드는 건
식은 죽 먹기야.

나한텐
그럴 만한 권력이
있거든.

이건 협박이 아니라
현실이야.

…

사회생활 좀 해봤으면
알아서 처신하라고.

돈 없고 빽 없으면
처신이라도 잘해야
이 약육강식의 사회에서
살아남는 거
아니겠어?

돌아가서
잘 생각해보라고.

내 용건은
여기까지야.

NATIONAL INTELLIGENCE SERVICE

ID

PW

LOGIN

...

수희가…
교회 오빠들한테
몹쓸 짓을 당했대.

집단 성폭행 때문에
따님의 질 내부 및
자궁이 파열됐습니다.
항문까지 파열된
상태죠.

미성년자가
밤늦도록 술 마시고
돌아다니는 게 자랑은
아니잖아요. 그쵸?

니 딸년이 꼬리를
쳐서 내 아들 인생이
엉망이 됐어!!
이 새끼야!

대한민국에선
강한 자가
바로 법이야.

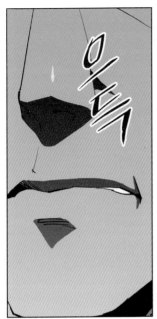

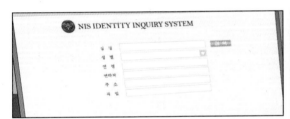

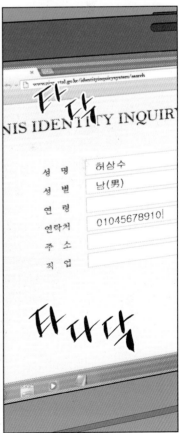

미 지정된 IP에서 귀하의 ID로 로그인된 것이 확인됐습니다.

삐 소리가 난 후 본인이 맞으면 1번.

아니면 2번을 눌러주십시오.

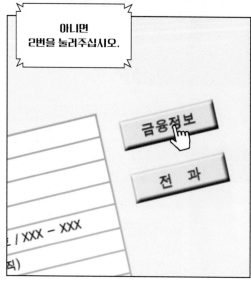

삐~

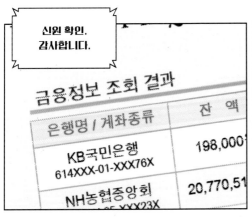

신원 확인,
감사합니다.

금융정보 조회 결과

은행명 / 계좌종류	잔 액
KB국민은행 614XXX-01-XXX76X	198,000
NH농협중앙회	20,770,51

NTITY INQUIRY SYS

금융정보 조회 결과

은행명 / 계좌종류	잔 액
KB국민은행 614XXX-01-XXX76X	198,000원
NH농협중앙회 458XXX-65-XXX23X	20,770,510원
우리은행 781XXX-27-XXX00X	362,120원
IBK기업은행 325XXX-23	00원
신 552XXX	

?

농협 잔액만
2,000만 원이 넘어가는군.
다른 은행
예금들은 많아야
기십만 원인데…

어디 한번 볼까?

금융정보 조회 결과

거래일	내 용	입금액	출금액	잔 액
20150918	pc국민은행 의뢰인 : 한수희	*20,000,000		*20,770,51
20150910	ATM출금		*30,000	*770,510
20150903	결산이자		*5,413	*805,923

입금자 이름이
한수희…?

내 용	입금액	출
pc국민은행 의뢰인 : 한수희	*20,000,000	
ATM출금		*

딸깍

67

ㅈ이잉

쓰악

성 명	한 수희
성 별	여(Female)
주민등록 번호	840912~2345678
국 적	대한민국(Republic of Korea)
주 소	서울특별시 강남구 XXX XXXXXX아파트 1023동 805호 / XXX – XXX
직 업	서울중앙지방검찰청, 형사 제 1부, 검사 실무관(기능직)
연락처	01067891011
가족 관계	[모]우순희(59), [부]한영길(65), [제

그래.
검사 나으리.

당신 말이
맞긴 맞았군.

대한민국에서
털어서 먼지 안 나는
놈은 없어.

한 수 희
Han. su hee

대검찰청

어떻게
오셨습니까?

장치 추가(A)
장치 연결 허용(L)
Bluetooth 장치 표시(D)
개인 영역 네트워크에 가입(J)
설정 열기(O)

딸
깍

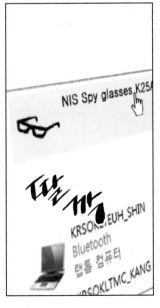

NIS Spy glasses K25A

딸
깍

KRSOKLTEUH_SHIN
Bluetooth
랩톱 컴퓨터

RSOKLTMC_KANG

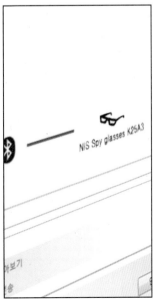

NIS Spy glasses K25A3

연결

편으로 사용

디오 재생
연결

재생
연결

전송할 수 있다

딸깍

검사님.
11시에 만나기로
하신 손님
오셨습니다.

아,
들어오라고
하세요.

타닥

라이브러리에 포함

AVI

20150623_01.avi

Home

PgUp

PgDn

Enter

딱

지이이잉

70

씨익

좋아.

이번엔 너희 차례다.
인정사정없이 털어줄 테니
긴장 좀 해야 될 거야.

너도 좋아서
한 거잖아,
이 쌍년아.

고따위로 행동하니까
그 오빠들이 열이 안 받냐?
어휴, 넌 맞아도 싸.
알어?

나쁜 년.
난 석훈 오빠랑 키스도
못 해봤는데.
아우, 열 받아.

언제는 존나게
꼬리 치더니 이젠
강간당했다고 오리발 내미냐.
이 꽃뱀 같은 년아.

너희들, 뭐야?

아빠!!

아빠…? 쳇.

야, 가자.

그래.

몸조심해라. 응?

안녕히 계세요…

인사해도 받아주질 않네. 쟤네 아빠 완전 개짜증 난다.

크크.

흑흑~

괜찮니? 수희야.

쟤넨 누구야?
학교 친구들이니?

쟤들이 나보고…

분명히
피해자는 난데,
내가 왜 꽃뱀 소릴
들어야 돼?

이게 말이 돼?

나보고…
꽃뱀이래.

아빠,
나 정말 억울해.

나 어떡해…?
응?

억울해도
조금만 참으렴.
아빠한테 생각이
있단다.

내가 다
해결해줄게.
알았지?

수희야.

우리 공주님은
너무 걱정하지
말렴.

아냐.
아빤 몰라.

그 오빠들…
부모 빽 장난
아니거든.

미안하지만…
일개 회사원인
아빠 힘으론 어림도
없을 거야.

승악한 년들 같으니라고.

학교 친구들이라길래 잠시 밥 먹으러 간 사이에 그런 일이 생겼구나. 쯧쯧.

수희는?

지금 자고 있어요.

휴

어머니. 집에 들어가서 좀 쉬세요.

오늘 밤은 제가 수희랑 같이 있을게요.

그래. 그럼 들어가마.

네, 들어가세요.

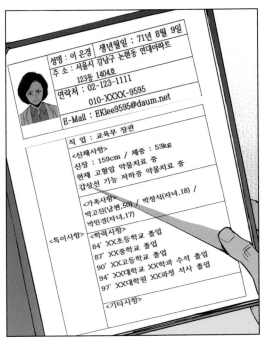

성명 : 이은경   생년월일 : 71년 8월 9일

주 소 : 서울시 강남구 논현동 현대아파트
　　　 123동 1404호
연락처 : 02-123-1111
　　　 010-XXXX-9595
E-Mail : EKlee9595@daum.net

직 업 : 교육부 장관

<신체사항>
신장 : 159cm / 체중 : 53kg
현재 고혈압 약물치료 중
갑상선 기능 저하증 약물치료 중

<가족사항>
박고진(남편,56) / 박정식(자녀,18) /
박민정(자녀,17)

<특이사항>   <학력사항>
　　　　　 84' XX초등학교 졸업
　　　　　 87' XX중학교 졸업
　　　　　 90' XX고등학교 졸업
　　　　　 94' XX대학교 XX학과 수석 졸업
　　　　　 97' XX대학원 XX과정 석사 졸업

<기타사항>

성명 : 이은경 생년월일

주소 : 서울시 강남구 논현
123동 1404호

연락처 : 02-123-1111
010-XXXX-9

E-Mail : EKlee9595○

직 업 : 교육부 장관

이은경,
현 교육부
장관이라…

박민경(자녀,17)

<이은경 장관 비리·의혹 리스트>

① 2011년 검찰 퇴임 후 법무법인 XXX에 취업해 14개
월 간 약 14억 원의 고액 연봉을 받아 전관예우 의혹.

② 이후 변호사 개인사무소 시절 수임료를 여직원 한씨
의 계좌로 받아 세금 탈루. (언론 미보도)

한수희?
확인요망

③ 2012년 과천시 B동에 위치한 43평 아파트를 매입하
면서 실거래가보다 1/3 낮은 가격으로 신고한 '다운계
약서'를 작성해 취득, 등록세 1200만 원 탈루. (언론 미
보도, 국세청 조사 중)

간호대 인수과정에서 K대 재단 쪽에 특혜

천시 B동에 위치
보다 1/3 낮은 가격으로 신고한
해 취득, 등록세 1200만 원 탈루. (언론 미
조사 중)

Y간호대 인수과정에서 K대 재단 쪽에 특혜를
육부에 압력을 행사하는 대가로 여러 이권사
겨받은 혐의. 서울중앙지검 형사1부(조재영 부장
남성기 K대 이사장(현 XX교회 목사)을 조만간
특혜에 대한 대가가 있었는지 조사할 예정
보도)

남성기
목사

① 위에 언급한, K대의 Y간호대
인수과정에서 이은경 장관의 특혜

② 목사로 재직 중인 미□교회
공급 횡령 혐의.

③ 불륜 관계에 있는
내연녀의 남편 보험살인 의뢰 의혹
(비밀리에 경찰 조사

서인규 의원

① 2007년 작고한 아버지의 명의로 서울 강남구 소재 아파트를 본인 아...
등기이전하지 않은 채 상속세 납부 회...

② 2013년, △△저축은행에서 담보...
없이 17억을 대출 받아 성북구 소재 4층 건물...
을 구입한 후 1년 뒤 26억에 되팔아 9억 원의...
시세차익을 남김. (전태성 국회의원에게 감사...
감사 대상에서 빼달라고 청탁, 현재 감사원 감사 중...

③ 이달 중순 중국 흑룡강성 해림시 방문 당시 일어난...
납치사건의 진실은 현지서 불법성매매 중...
금품을 노린 무장괴한들에게 납치당한 것...
건 당시 사용한 여행 경비는 전액 서울시의회 예산임.

만수산
드렁칡처럼
끼리끼리
얽혀 있구먼.

?

-불명

<학력사항>
-불명

<가족사항...
-無

...타사항>

XX파 부두목

·폭행·감금,

...로 전과 14범.

성명: 임 학수 (4...
주소 : 불명
연락처 : 010-382...
E-MAIL : 불명
직업 : 대동그룹 기획...
<신체사항>
-불명

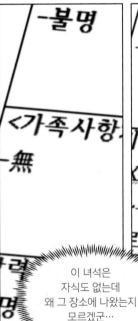

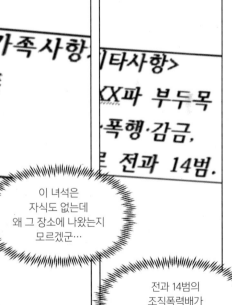

이 녀석은
자식도 없는데
왜 그 장소에 나왔는지
모르겠군…

전과 14범의
조직폭력배가
한 기업의 부장이라…
흠.

함께 있던 놈들의
치부와 관련된
해결사인가?

아, 안 돼…

싫어…

제발…

하…지 마…

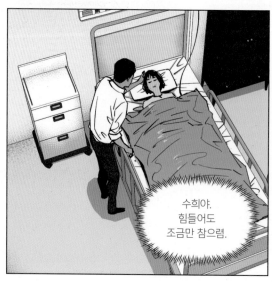

수희야.
힘들어도
조금만 참으렴.

아빠가
다 혼내줄 테니.

청소부 K

저, 실례지만.
이런 정보를 어디서
얻으셨는지…?

흐음…

출처는
밝힐 수 없습니다.

이 정도면
기사화되는 덴
문제없겠죠?

이 정도면 특종이긴 한데…

먼저 이 정보가 사실인지 확인하고 난 뒤에 순차적으로 기사화될 겁니다.

지면 상 모든 걸 한꺼번에 기사화할 순 없으니까요. 이 점 양해 바랍니다.

알겠습니다. 궁금한 게 있으면 또 연락 주십시오.

네. 꼭 연락드리겠습니다. 그럼 저 먼저 실례하겠습니다.

대안언론 뉴스네트워크 24

사회
윤형

Y_HS1123@X

hp : 010-1123

억울한 일을 당하셨거나
의 개선되어야 할 점을 보셨다면
즉시 연락 주십시오.
공정하고 깨끗한 기사로
상에 널리 알리겠습니다.

아, 안 돼…

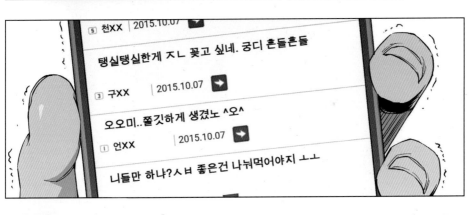

⑤ 천XX | 2015.10.07

탱실탱실한게 ㅈㄴ 꽂고 싶네. 궁디 흔들흔들

③ 구XX | 2015.10.07

오오미..쫄깃하게 생겼노 ^오^

① 언XX | 2015.10.07

니들만 하냐?ㅅㅂ 좋은건 나눠먹어야지 ㅗㅗ

ㅋㅋ저년 학교 ㅇㄷ?ㅋㅋ ㅈㄴ따먹고싶노 ㅋㅋㅋ

③ 마XX | 2015.10.07

저년 XX중 3학년 3반 김수희ㅋㅋㅋㅋㅋㅈㄴ유명한 걸레

① 검은백합 | 2015.10.07

하…

할머…

니…

나 어떡해…

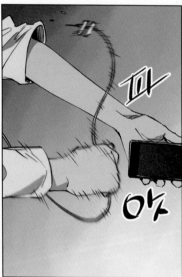

아아...

할머니. 안녕…

자,
아빠한테 뽀뽀.

수, 수희야…?

어머니…?

두 사람 다
어디 간 거야?

수희야!

어머니!
어디 계세요!

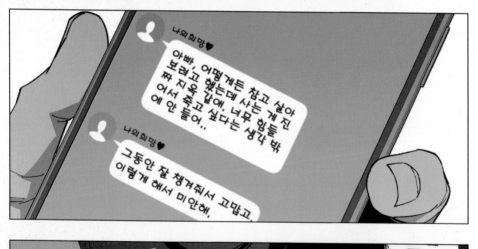

더 이상 세상을
살아갈 용기가 없어.

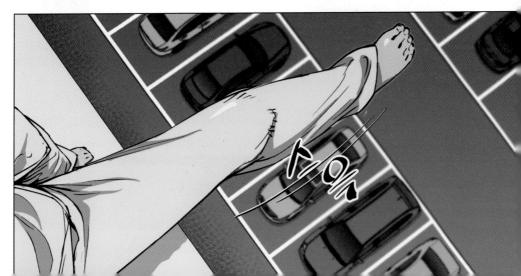

스와

?

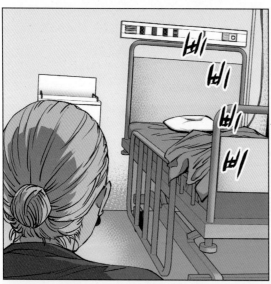

수희야,
화장실 안에 있니?

얘가 대체
어딜 간 거야…?

서, 설마…

그때 몇 푼 쥐여주면 은근슬쩍 넘어갈 듯 싶습니다. 회장님.

그 문제는 크게 걱정하지 않아도 될 것 같습니다.

제가 으름장을 단단히 놓았으니, 그쪽에서도 눈치가 있으면 적당한 선에서 합의를 보자고 할 겁니다.

그러게 말입니다. 이것들이 하라는 공부는 안 하고 계집질에 미쳐서… 하하. 유학을 보내든지 이거 무슨 수를 써야 할 것 같습니다.

네, 회장님. 알겠습니다. 언제 식사라도 같이 하시죠. 허허.

으읍 읍

그럼 들어가십시오.

10분만 더 하지.

법무 행정 자료

법과 자 환림

예.

하 아

하 아

더 해요…?

어머니!
수희야…?

아, 들어가시면
안 됩니다.

김수희 양
보호자 되십니까?

그, 그렇습니다만…
우리 수희 어디 있죠?

그리고
어머니는요?

어머니께선
다른 병실에서 안정을
취하고 계십니다. 잠깐
저 좀 따라오시죠.

확인하실 것이
있습니다.

안치실

미리
말씀드리겠는데,
시신은 상당히 훼손된
상태입니다.

그 점
양해 바랍니다.

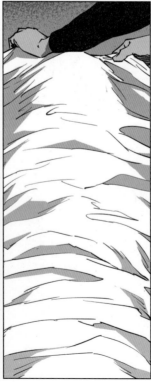

따님이 맞으십니까?

조금만 더 참고
기다리라니까.
이 바보가…

수희야!

수, 수희야…

[단독] 여중생 집단 성폭행 사건의 섬뜩한 이면.

장관, 검사, 시의원, 목사… 잘난 부모 둔 덕에 구속 면한 금수저 가해자들.
檢·警의 수상한 커넥션? 사건 담당 형사와 가해자 부모인 검사 간 의문의 금전거래 포착.
집단 성폭행 피해자는 악몽과 외상 후 스트레스장애 시달려….

심지어 타타탁 "밤늦게까지 부적절한 옷차림으로
오히려 가해자를 편드는 듯한 발언을 수차례 하는 등 성
을 박았다. 피해자 아버지 김 씨는 이를 두고 '자신의
사실을 확인키 위해 담당형사에게 전화로 인터뷰를
지에 대해서는 수사기록이기 때문에 답변할 수 없다."

또한 피해자 아버지 김 씨는 가해자 측과의 합의를 위
들에게 욕설과 함께 명예훼손과 무고죄 타타탁하겠

106

타닥

에서 사건담당형사가 가해자 측 가
사건의 추이가 주목된다. 가해자 측
여직원의 은행계좌를 통해 담당형사
있는 것. 돈의 성격 상 수사 무마 등
는 가운데,

타닥

응. 나야.

아, 벌써 9시가 넘었네.
기사 마무리하는 대로
바로 집에 갈게.

에서 사건 타닥 가해자 가
사건의 추 . 가해자 측
여직원의 은행계좌를 통해 담당형사
있는 것. 돈의 성격 상 수사 무마 등
는 가운데, 문제의 조 검사가 서울
며 더 큰 충격을 주고 있다. 만약
와 신뢰도가 추락 듯

타닥

그런데
목소리가 왜 그래?
무슨 안 좋은 일 있어?

아니, 무슨
전세금을 4,000씩이나
올려달래?

집주인,
미친 거 아냐?

하아…

그래. 돈은 내가 어떻게든 융통해볼 테니까 너무 걱정하지 마. 알았지?

끊을게. 이따 봐. 응. 나도 사랑해.

아우, 짜증 나네.

돈 4,000이 무슨 애 이름도 아니고 대체 어디서 구하냐고…

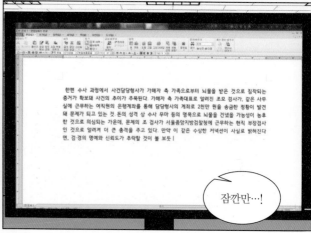

한편 수사 과정에서 사건담당형사가 가해자 측 가족으로부터 뇌물을 받은 것으로 짐작되는 증거가 확보돼 사건의 추이가 주목된다. 가해자 측 가족대표로 알려진 조모 검사가, 같은 사무실에 근무하는 여직원의 은행계좌를 통해 담당형사의 계좌로 2천만 원을 송금한 정황이 발견돼 문제가 되고 있는 것 돈의 성격 상 수사 무마 명목으로 뇌물을 건넸을 가능성이 농후한 것으로 의심되는 가운데, 문제의 조 검사가 서울중앙지방검찰청에 근무하는 현직 부장검사인 것으로 알려져 더 큰 충격을 주고 있다. 만약 이 같은 수상한 커넥션이 사실로 밝혀진다면, 검·경의 명예와 신뢰도가 추락할 것이 불 보듯ㅣ

잠깐만…!

가족 대표로 알려진 조도

실에 근무하는 여직원의

의 계좌로 2천만 원을 송금

고 있는 것. 돈의 성격 상

뇌물을 건넸을 가능성이

가운데, 문제의 조 검사

인 것으로 알려져 더 큰 충

같은 수상한 커넥션이 사실

여기, 커피
한잔 드시죠.

아, 네.

그런데…

시신은 언제쯤 인수할 수 있을까요?

아, 투신자살과 같은 사고사의 경우, 검시 절차를 반드시 거치게 되어 있습니다.

검시가 끝나는 대로 바로 연락드리죠.

수희가… 투신자살을 했습니까?

아마 큰 고통은 없었을 거라고 생각합니다.

최근에 안 좋은 일을 겪으셨더군요. 맞습니까?

그리고 따님 핸드폰의 채팅 내용을 살펴보니…

네. 죄송스러운 말씀이지만 병원 옥상에서 투신한 것으로 추정 중입니다.

…네. 그렇습니다.

자세한 건 수사를
해봐야겠지만…
핸드폰 단체 채팅방에서
같은 반 학생들이 따님을
집단으로 괴롭힌 내용이
발견되었습니다.

따님의 사망 시각으로
미루어보아 아무래도 따님께서
그 괴롭힘을 참지 못하고 일을
저지른 것으로 보입니다.

어떤 놈들인지 알 수
있을까요?

죄송합니다. 아버님
심정은 이해 갑니다만,
그 학생들의 신상을
알려드릴 순 없습니다.

그들에게 죄가 있다면
엄중히 수사해서 법적인
처벌을 받게 될 겁니다.
아버님.

글쎄요.
과연 그럴까요?

여보세요?

사회부

아.

조재영 검사님 핸드폰이죠?

네. 제가 조 검사입니다만.

실례지만 누구십니까?

전 대안언론
'뉴스네트워크 24'의
사회부 윤형식
기자라고 합니다.

공식적인 인터뷰는
검찰청 공보과로
문의해주시죠…?

저기요.

직접 만나서
말씀드릴 일이 있어서
이렇게 전화를
드렸습니다.

아, 죄송하지만
개인적인 인터뷰 요청은
사절하겠습니다.

대안언론
기자 따위가

네. 서울중앙지방
검찰청에 근무합니다.

어머? 검사님과 같은
헬스클럽 회원이라니
이거 영광인데요.

언제 같이 커피라도
한잔했으면 좋겠는데,
어떠세요?

혹시
검사님이세요?

조 검사님…
이건 인터뷰 요청이
아닙니다. 그쪽 아드님과
관련된 문제죠.

잠시 실례 좀.

그게 무슨 말씀 이시죠? 내 아들 문제라뇨?

잘 알고 계실 텐데요.

조 검사님 자제분의 성폭행 사건이 아주 화제가 되고 있더군요.

[단독] 여중생 집단 성폭행 사건의 섬뜩한 이면.

그거 때문에 긴히 말씀 좀 나누고 싶습니다만, 어떠십니까?

…

알겠습니다. 내가 지금 할 일이 있으니까 두 시간 후에 봅시다.

K호텔 커피숍에서. 어떻습니까?

네에. 그럼.

우리 차나 한잔 할까요?

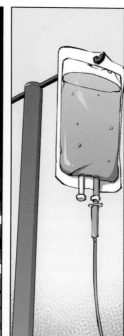

몸은 좀
괜찮으세요?

그래.

수희는…?

검시 중이에요.
끝나면 바로 시신
인계해주겠대요.

내, 내가
미친년이지.

그때
잠들지만
않았어도,

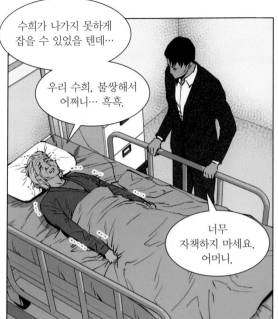

수희가 나가지 못하게
잡을 수 있었을 텐데…

우리 수희, 불쌍해서
어쩌니… 흑흑.

너무
자책하지 마세요,
어머니.

진아.
난 아무리 생각해도
이 상황이 이해가
안 간다.

성폭행은 우리
수희가 당했는데,
왜 그 아이가 욕을 먹고
자살까지 해야
되는 거니…?

뭔가 이 세상이
잘못돼도 한참
잘못된 거 같아…

가해자가 받아야
할 비난과 고통을
왜 피해자인 우리
수희가 받아야
했는지…

나로선 도저히
이해를 못 하겠다.

꾹
묵

[단독] 여중생 집단 성폭행 사건의 섬뜩한 이면.

...사건의 추이가 주목된다. 가해자
가, 같은 사무실에 근무하는여직원의
로 2천만 원을 송금한 정황이 발견돼
수사 무마 등의 명목으로 뇌물을
되는 가운데, 문제의 조 검사가
부장검사인 것으로 알려져 더 큰
커넥션이 사실로 밝혀진다면,
듯 지명한 일이다.

내일 아침에
나갈 폭로 기사입니다.
보신 소감이
어떠십니까?

브라보~♪

기사,
아주 자알~
쓰셨네.

이봐요.
윤 기자님이라고
했죠?

내가
'참 잘했어요'
도장이라도 찍어
드릴까? 응?

네.

질질 끄는 거
딱 질색이니까 까놓고
이야기합시다.

이 기사를 굳이
나한테 보여주는
이유가 뭡니까?

돈을 원합니까?
솔직히 말해봐요.

…네.

솔직히 돈이
필요합니다.

바스락

바스락

얼마나…?

너, 넉 장…

넉 장…? 4만 원?

그 정도라면 지금 당장이라도 드릴 수 있지.

4만 원 확실하죠?

이보세요. 조 검사님. 지금 장난 하십니까?

내가 말한 건 4,000만 원입니다. 전세금 때문에 그 돈이 꼭 필요해요. 4,000만 원만 주시면 이 기사는 없던 일로 하겠습니다. 어떠십니까?

쫄 땅

한 가지
조건이 있소.

이 기사의 소스를
준 사람이 누군지
알려주시오. 그럼 4,000만 원
바로 입금해드리지.

[단독] 여중생 집단
사건의 섬뜩한 이

어때요?

…

좋습니다.

끄덕

씨익

청소부 K

사아아아

故김수희

故
송
진
아

아빠…

여긴 어디야…?
뭐 하러 왔어?

아빠, 왜 울어?

울지 마. 응?

수희야.

엄마가
많이 아프다가
하늘나라로 갔어.

엄마가 왜
하늘나라로 가?

사람은 누구나 다
하늘나라로 가게 돼.
근데 엄마는 그날이 좀
빨리 왔단다.

그래서 엄마가
하늘나라로 가는 모습을
여기서 마지막으로
지켜보는 거야.

엄마한테 인사하렴…
수희야.

127

엄마, 사랑해.

안녕...

수희야~!!

안 돼~!!

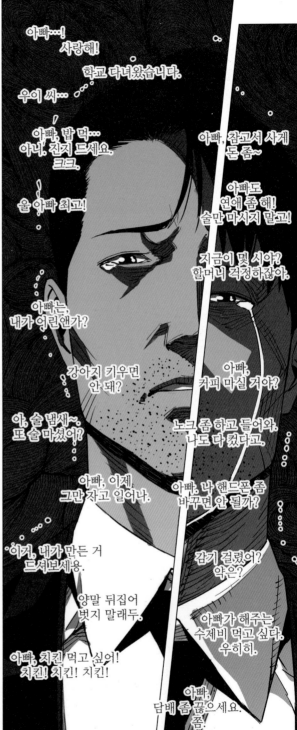

아.
오늘 조져야 할 놈이
하나 있거든.

그리고 이거.

그 사람 계좌로
4,000만 원만 보내.
알았지?

네.
알겠습니다.

그럼 커피 한잔
부탁해.

부으으으

여보세요.

개새끼
010-XXXX-XXXX

어이, 김진 씨.
나 조재영인데.

알고 있습니다.
무슨 일이십니까?

長檢事 趙在榮

당신 아주
미친 짓거리를
했더만. 응?

뭐라고?
미친 짓거리?

그래,
미친 짓거리.

당신,
심부름센터 고용해서
이쪽 뒷조사를 아주
착실하게 했더만.

그리고 그 자료,
윤 뭐시기 기자한테
넘겨서 폭로하려고
그랬잖아.

그게 미친 짓거리가
아님 뭐야? 응?

그 사람이 설마…

그래서…?

그래서라니?
이 아저씨가 지금
간땡이가 배 밖으로
튀어나오셨네.

어이. 상대방 몰래
뒷조사하는 거 개인정보
보호법 및 신용정보법
위반인 거 몰라?

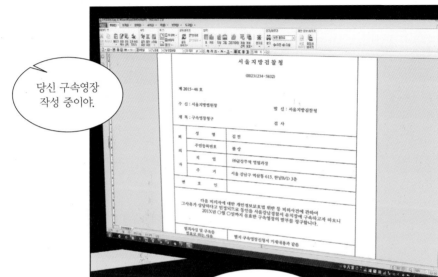

콩밥 먹을 각오
단단히 하시라고
이렇게 미리 친절하게
전화 드렸습니다.

김진 씨.
어때? 소감이.

?

사실 처음 전화를
받았을 때만 해도
당신이 진심으로
사과하겠다고
말할까 봐 걱정했다.
그 때문에…

고맙군.

네놈에게
약속을 하나 하지.

네 아들 이름이
조영민이었지?
내가 반드시 네놈의
눈앞에서 니 아들의
목을 잘라 죽여주마.

그것이
네가 이 세상에서
마지막으로 보는
풍경이 될 거야.

수희의
이름을 걸고
맹세하지.

으아아아아!!

?

141

지금 와서
이런 말을 한들
무슨 소용 있겠냐마는…
이거 하나만큼은
꼭 약속하마.

이제 우리 공주님은
편히 잠들렴. 복수는
내가 하겠다.

널 자살로
내몬 놈들이 몇 명이든,
어디 있든 간에 반드시 찾아내서,
네가 겪었던 고통보다 수십 배
더 고통스럽게 그리고 천천히
죽음을 안겨줄 거야.

못난 애비지만
사람 죽이는 기술만큼은
확실히 배웠으니
걱정하지 말렴.
알았지?

여보. 우리 수희
잘 부탁해.

나도 곧
따라갈게.

그럼 영원히 안녕.
나의 작은 공주님.

실례지만 김진 씨 모친 되시죠?

검찰에서 나왔습니다.

죄송하지만 김진 씨는 어디 가셨습니까? 좀 뵈러 왔는데.

우리 아들요…?

머리 좀 식힌다고 며칠 지방에 갔다 오겠다던데… 무슨 일로 찾으세요?

?

그런데… 무슨 일로 상복을 입으셨는지?

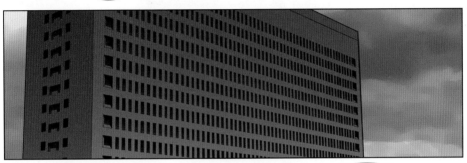

뭐!?

그 딸년이 자살을 해…?

거 씨발 좆같은 년이 왜 자살을 하고 지랄이야. 일 복잡하게시리.

아 짜증 나네, 진짜. 그 에미는 그놈이 어디 갔는지 모른대?

거참. 그 새끼 사람 끝까지 엿 먹이려고 작정을 했네.

部長檢事　趙在榮

그래. 알았어.

그놈 언제
나타날지 모르니까
한 팀은 잠복하고, 한 팀은
그놈 회사로 가봐.

오케이, 수고.

다른 양반들한테
이 사실을 알려줘야겠지?

학교 폭력…

대한민국 모두의
관심과 노력이
필요합니다.

학교 폭력 없는
행복한 학교 만들기
캠페인은 교육부가
함께합니다.

대한민국,
파이팅!

오케이.
컷!

수고
많으셨습니다!

그래요.
다들 고생하셨어요.

장관님.
연기 정말 잘하시는데요?
배우로 데뷔하셔도
될 것 같습니다.

어머, 너무
과찬의 말씀이세요.
제가 얼마나
떨었는데요.

그래요? 전혀
티 안 나던데?

청심환을 먹어서 그런가.
아무튼 예쁘게 나오도록
잘 좀 부탁드리겠습니다.

예. 염려 붙들어
매십쇼. 하하.

장관님.

조재영 검사님
전화입니다.

아, 네.
이리 주세요.

잠시만요.

넵!
통화하십시오.

네, 조 검사님.
이은경입니다.

아, 물론이죠.
통화 가능해요.

말씀하십시오.

그게 진짜예요?

잘 뒤졌네.
그년.

그렇다면 이제 그 애비 놈이 문제네요. 그쵸?

뚜벅 뚜벅

그놈 눈깔 보니까 성깔 좀 있게 생겼던데,

타 닥

혹시… 애들 찾아가서 허튼짓할지도 모르니까 거기에 대해서도 조치 좀 취해주시고요.

달 칵

네, 알겠습니다.

아, 그리고 그 사건 언론에 알려지지 않도록 마무리 잘 해주시고요.

슥

그럼요. 조 검사님만 믿겠습니다. 하하하.

덜컹

그럼 수고하십시오. 네에~

꾹

네?

개새끼.

김 비서한테
한 욕 아니니까
신경 꺼.

네. 알겠습니다.
어디로 모실까요?
장관님.

마사지 좀 받아야겠어.
강남으로 넘어가지.

네.

디모데 전서
2장 9절을 보면,

"이와 같이 여자들도
단정하게 옷을 입으며
소박함과 정절로써 자기를
단장하고…"라는
말씀이 나옵니다.

이 말씀의
포인트는 뭡니까?

맞습니다.
여자의 행실과
몸가짐이 중요하다는
말씀이죠.

솔직히 말해서,
요즘 젊은
여자들 말야.

팬티가 훤히 보이는
미니스커트에 화장을
창녀처럼 야하게 하고 다니니
혈기왕성한 대한민국
남자들이 환장을 해? 안 해?

응?
말해봐.

환장해서
미치겠습니다!

하하하!

깔깔깔!

환장해서
미치겠대!
크크.

아이고,
배야!

우리 형제님
말씀이 맞아요.

대한민국
성범죄가 많은 거,
이거 젊은 여자들
잘못도 큽니다.

왜 옷을
그따위로
입고 다닙니까?

남자들
환장하게.

아멘!

여기 계신
젊은 자매분들이라도
꼭 기억하십시오.

화려하고
야한 옷차림보다는
착한 행실로 자신을
치장하기를 바랍니다.

이 말씀을
깊이 새겨서 정말
하나님 앞에서 그렇게
살아가기를 권합니다.

아멘!

믿습니다!

자,
기도하십시다.

총 안 팔아.
꺼져.

어이, 영감.

!!

저, 저 이제
무기 불법 개조
안 합니다!

진짜
하나님 앞에
맹세해요!

그래?

그럼 이건 뭐지?

그, 그건
취미로…

박 영감.

네?

날 위해
무기 좀 만들어
줘야겠어.

검사님.
김기철입니다.

그래.
어떻게 됐어?

지금 김진이 다니는
무역 회사에 왔는데요.

이거 뭔가 좀
수상합니다.

?

네.
업무를 파악할 만한
서류도 없고 아무것도
없습니다.

책상만
몇 개 달랑 있지…
사무실이 텅 비어 있는
상태입니다.

상주하는
직원도 없고요.

그냥 사무실
구색만 갖춰놓은
느낌인데요.

159

이 건물 수위 말로는, 한 달에 한두 번 정도 회사 관계자가 다녀갈까 말까랍니다.

아무래도 이거 유령 회사 같은데요.

아, 그리고 또 하나. 잠복팀에서 연락이 왔는데요.

그 사람 집에서 지문을 뜨려고 하는데 김진의 지문이 집 안 어디에도 없답니다.

그게 뭔 소리야?

글쎄요. 저희도 이런 경우가 처음이라서…

그런데 과수대 친구 말이 이런 경우엔 딱 한 가지 결론밖에 없답니다.

뭔데?

자신의 손이 닿았던 곳을 일일이 기억하고 전부 닦은 거라고…

그게 말이 돼? 세상에 어떤 놈이 자기 집에서 손이 닿은 곳을 일일이 기억하고 다 닦아?

그게… 연쇄살인마나 프로 살인 청부업자들 중엔 간혹 그런 버릇이 있다고 합니다.

증거 인멸을 위해서죠.

뭐?

어우, 야자 지겨워 죽겠네.

PC방 가서 lol이나 한 판 때릴까?

좋지.

야, 조영민. 편의점 들려서 뭐 좀 먹고 가자. 배 안 고프냐?

안 돼. 난 바로 학원 가야 된단 말이야.

크크. 불쌍한 색히. 너희 아버지가 아주 빡세게 공부 시키나 보네.

161

진짜 미치겠다, 시바. 나 S대 법대 못 가면 아빠한테 맞아 뒤질지도 몰라.

크크크.

영민아!

악!

미안해, 학생.
내가 그쪽을 미처
못 봤네.

이건 전적으로
내 잘못이야.

아오,
씨발…!

아이고.
학생 많이 다쳤어?

아니,
갑자기 그렇게
툭 튀어나오면
어떡해요!

혹시 뼈가
부러졌을지도 모르니까
내 차 타고 어서
병원에 가지.

씨바…
좆나게
아프네!

이 친구는
내가 병원으로
데리고 갈 테니까
걱정하지 마.
알았지?

02허 9757

어라,
허자 번호판이면…
렌트카잖아?

뭐지…?

어? 아저씨.

반대쪽으로 가면
바로 종합병원인데,
어디로 가세요?

그, 그런데요?
아저씬… 누구시죠?

조재영 검사의 아들,
조영민이 맞지?

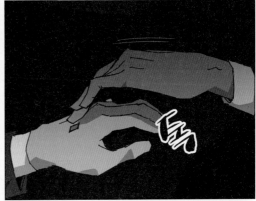

앗,
따가워!

뭐 하는 거예요, 아저씨!

운전을 해야 되니까 좀 이따 이야기하지.

어라…?

가, 갑자기 졸리네.

탁 빡

빅 아 아 앙

네. 나가요.

맨날 늦으시네.

그래, 좀 늦었어.

영민이는?

독서실에서 아직 안 왔죠.

지금 이 시간에 독서실?

그럼요. 걔 수능 이제 1년밖에 안 남았다구요.

좀 신경 쓰이는 일이 있어서 그러니까 내일부터는 일찍 다니라고 그래. 아니면 차로 데려오거나. 알았지?

왜요? 무슨 일 있어요?

아저씨는
누구세요?

누군데 날 이리
납치했냐고!
어서 풀어줘!

쉿,
질문에 차례대로
대답해주지.

여기는
경기도 외곽의 한 창고다.
반경 300미터 안엔
우리 둘 밖에 없는,
아주 외진 곳이지.

그리고
난 김수희의
아버지란다.

기, 김수희…?

그래.

네놈들이 숲속으로 끌고 가서 집단 성폭행한 여학생 기억나지?

그리고 어제 그 아이가 목숨을 끊었지.

그 아이가 바로 내 딸이란다.

열여섯밖에 안 된 어린것이 너무나 힘들어서 못 살겠다고 유언을 남기고는… 건물 옥상에서 스스로 몸을 던졌어.

니들이 한 짓거리 때문에…

아아아…!

지금 내 마음이 어떤지 아니?

널 갈기갈기
찢어 죽이고 싶은
마음뿐이야.

날 봐.

니들이
괴물로 만든
남자의 얼굴을
똑똑히
보라고…!

기대해도
좋아. 이래 봬도
내가 이쪽이 전문이거든.
차라리 죽고 싶을 정도로
괴로울 거다.

마음껏
비명을 질러도 돼.
그건 허락하지.

윽!

지금부터 수희가
당했던 고통과 슬픔,
공포를 그대로 되돌려
줄 테다. 이자까지
쳐서 말이야.

아, 아저씨.
진정하세요.

지금
아저씨가 하는 짓…
이거 범죄거든요?

그래. 범죄지.
난 내 모든 것을
버릴 각오를 했다.

자, 자, 자,
잠깐만요!

잠깐만요!!

이게 다
너희가 자초한
일이야.

아저씨!

아저씨!

자, 자,
잘못했어요…

용, 용서해주세요…
제바알…!

용서는
나한테 빌지 말고
우리 수희한테
가서 빌어.

으아아아아악!

혹시 들어왔다가 아침 일찍 나간 거 아냐?

걔가 아침 일찍 일어날 거 같아요?

그럼 전화 한번 해봐.

계속 해도 안 받던데…

조영민!

너, 대체 지금 어디야!?

밤새도록 어디 있었…

누, 누구세요…?

전 영민이 엄마인데요.

네? 자, 잠시만요.

여보. 영민이한테 전화 했는데… 어떤 남자가 받더니 당신 좀 바꿔달래요.

누군데?

몰라요. 처음 들어보는 목소리인데…

누구야, 당신.

여어,
밤새 좋은 꿈 꿨나?

너, 너는
김진…! 네놈이 감히
내 아들을…!?

영민이
어떻게 했어!

내 아들
빨리 바꿔,
이 새끼야!

아, 영민이?
지금 정신없이
자고 있어.

밤새도록
고통에
울부짖었거든.

진통제를 놔줬더니
바로 곯아
떨어지더군.

개자식…
대체 내 아들한테
뭔 짓을 한 거야!!

검사니까
탈리오 법칙*이
뭔지는 잘 알고
있겠지?

눈에는 눈.
이에는 이…

* 탈리오 법칙: 피해자가 받은 피해 정도와 동일한 손해를 가해자에게 내리는 보복 법칙.

그래. 내 딸이
네놈 아들 패거리한테
당할 때 느꼈던 고통과 공포를
그대로 되돌려 줬을 뿐이야.
그간 밀린 이자까지
포함해서 말이지.

악마 같은 새끼…

지금 기분이 어떤가?
날 죽이고 싶나?

그래.
이 개자식아.
할 수만 있다면…
네 녀석을 갈가리
찢어 죽여버리고
말겠어.

네놈에게도 탈리오 법칙이 적용됐다니 기쁘군.

내가 겪었던 고통과 슬픔, 분노… 여러 복잡한 감정들을 고스란히 되돌려 줄 수 있어서 말이야.

너흰 나에게 있어서 가장 소중한 존재를 앗아 갔어. 이젠 내가 너희의 모든 걸 앗아 갈 차례다.

하지만 이건 시작에 불과해.

여보. 대체 누구예요…?

너희가 쌓아올린 모든 걸 차례로 무너뜨려주지.

그리고 마지막이 네놈 차례.

…대체 나한테 뭘 원하는 거냐?

솔직히 말해봐. 돈이야?

뭔가 착각을 하고 있군.

난 돈을 노리는 납치범이 아니야.

복수자
(Revenger)다.

?

복수자…?

그래.
내 딸 수희를 위한
복수지. 각오해.

여보세요…

여보세요…?

…

여보, 그 남자 누구예요…?

그 남자가… 우리 영민이 납치한 거 맞죠?

그죠?

청소부 K

청소부 K

평택총포사

대표전화 02-555-8912

수렵, 방범장비 전문점

엽총 공기총 | 가스총

아침까지
고생이 많군.

벌써 시간이
이렇게 됐나…?

부탁한 것들은?

말씀하신 무기들은
대부분 다 만들어
놓았습니다.

저격용
소총만 빼고요…

저격용 소총은 왜?

조건이 너무 까다롭습니다.

운반이 용이하도록 분해·조립이 자유로워야 한다는 건 그렇다 치고.

최대 2.5km까지 저격이 가능해야 한다는 조건은 좀…

2년 전엔 만들었잖아. 안 그래?

한 치의 오차도 없이 정직선으로 총열을 절삭하는 게 쉬운 줄 아십니까?

잘 아시겠지만, 총열이 정직선으로 뚫려 있어야 총알이 똑바로 날아갈 수 있죠.

아주 미세하게 휘어져도 총알의 방향이 조금씩 흔들리면서 나중엔 전혀 엉뚱한 곳으로 날아가게 된다. 이 말씀입니다.

그런데 이게 총열을 정직선으로 드릴링한다는 것이 말이 쉽지…

제대로 하려면 하루 이틀 가지고는 어림도 없어요.

그럼 얼마나 시간이 더 필요하지?

글쎄요, 최소 일주일…?

영감.
3일간의 말미를 주지.
그 안에 만들지 못하면,
2년 전에 겪었던 상황이
되풀이될지도 몰라.

내 말,
무슨 뜻인지
알겠지?

아, 그리고 보니
몇 개월 전에
총열 하나 완성시킨 게
있었는데…
어딨더라?

차장님,
여긴 무슨
일이십니까?

너 잠깐
나 좀 보자.

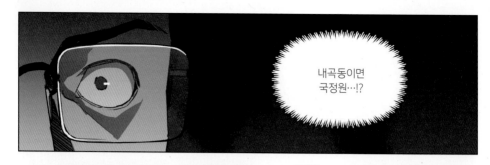

내곡동이면
국정원…!?

그, 글쎄요.
그게 무슨
말씀이신지…

제가 그쪽에
책잡힐 일은 하지
않은 것 같은데요.

금강무역.
알아? 몰라?

금강무역이면…
김진이 다니는
무역 회사!?

어떻게 된 일인지
이야기 좀 하잖다.

그쪽 오해 꼭 풀어주고.
갔다 와서 보고해라.

알겠습니다…
먼저 들어가십시오.

빌어먹을…!

물…

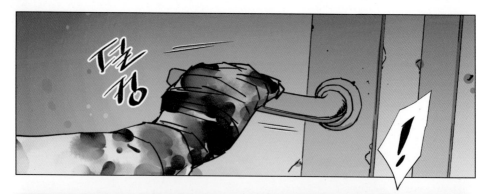

젠장!
이게
뭐야…?
씨발…!

나 혼자
그년
따먹었어?

어…?

!?

씨발.
그냥 죽으라는
법은 없네.
그치?

크크크.

조재영 검사입니다.

반갑습니다.
민동욱 실장입니다.

앉으시죠.

감사합니다.

바쁘실 텐데 바로 본론으로 들어가죠.

금강무역이 우리 쪽 회사라는 건 알고 계셨습니까?

아, 그 사실은 오늘 아침에서야 알았습니다.

그 회사가 이쪽 소유라는 걸 미리 알았다면 애초에 건들지도 않았을 겁니다.

고의는 아니지만 물의를 일으킨 점에 대해선 정중히 사과드리겠습니다.

좋습니다.
그렇게까지 말씀하시니
그건 넘어가도록
하죠.

근데
얘길 들어보니까
김진 과장을 쫓고
계시더군요.

무슨 일 때문에
그러는지 물어봐도
될까요?

개인정보보호법
위반 및 협박, 납치 등의
혐의로 긴급 수배된
인물입니다.

흠.
자세한 내용은
밝힐 수 없지만…

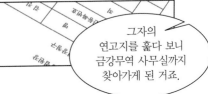

그자의
연고지를 훑다 보니
금강무역 사무실까지
찾아가게 된 거죠.

협박 및 납치요?

네.

흐음.

조 검사님.

뭐.
짐작하고 계시겠지만
김진 그 친구, 우리
'회사' 직원입니다.

이쯤 해서
적당히 시마이하고
손 떼시는 게
어떨까요?

그게
서로 좋은 거
아니겠습니까?

김진, 그 새끼가 누굴 납치했는지 압니까?

바로 내 아들을 납치했어.

내 아들 조영민을 납치했다고!

깡

아니, 내 아들을 납치했는데 적당히 시마이 하라는 게 말이 돼?

그게 아들 잃은 애비 앞에서 할 소리냐고!

난 내 아들 납치한 새끼 절대 용서 못 해!

미리 경고하는데, 이 사건 국정원에서 덮으려고 하다간 큰 코 다칠 겁니다!

내가 절대 가만히 안 있을 거예요!

아는 인맥 총동원해서 어떻게든 만천하에 공개할 겁니다!

국정원 요원이 현직 검사 아들을 납치하다니…!

이게 법치국가에서 말이 되는 소리입니까? 어디 말씀 좀 해보시죠.

오버하시네,
진짜.

뭐?

박 대리.
잠깐 나가 있지.

예.

딸
칵

조재영 검사님.

현직 검사 아들이
국정원 요원 딸 납치해서
성폭행하는 건 법치국가에서
말이 되는 소리입니까?

최근 김진 과장이 신원 조회 프로그램에 접근해서 다섯 명을 검색한 기록이 있더군요.

그리고 또 한 명이…

아시겠지만, 조 검사님과 이은경 교육부 장관님, 그리고 K대 이사장이신 남성기 목사님. 서인규 시의원님.

아, 대동그룹에서 궂은일 도맡아 하는 임학수 부장. 골치 아픈 놈이죠.

왜 김진 과장이 이들을 검색했을까요?

호기심에 뒷조사를 해봤더니 흥미로운 공통점이 하나 있더군요.

방금 전에 언급한 성폭행 사건의 용의자들이 그들의 자녀라는 놀라운 공통점 말이죠.

아, 임 부장은 해당 사항도 없는데 왜 여기 끼었는지는 모르겠습니다만.

이외에도 몇 가지 재미있는 사실들이 눈에 띄더군요.

성폭행 사건 담당 형사의 계좌에 한수희라는 여성이 2,000만 원을 입금한 것부터 시작해서…

남성기 목사가 이사장으로 있는 K대의 Y간호대 인수 과정에서의 특혜 의혹까지.

이 건은 조 검사님께서 무혐의 처분하셨더군요. 맞죠?

지금…
날 협박하는
겁니까?

협박이라뇨?
당치도 않는
말씀을.

그저 우리가 알고 있는
팩트를 비공식적으로
말씀드렸을 뿐입니다.

일종의
보험이라고나
할까요?

조 검사님.

제가
바라는 건
한 가지입니다.

이 상황이
조용히 넘어가길
바랄 뿐이죠.

제가 복지부동을
좋아하는 성격이다 보니
시끄러운 건
딱 질색이라서요.

그럼 납치당한
내 아들은
어쩌라는 말입니까?
그대로 내버려
두라는 건가요?

그 사안에 대해선
저희도 자세히 알아보고
다시 연락드리겠습니다.

조 검사님의 주장만 믿고 그 친구에게 죄를 물을 수도 없는 노릇 아니겠습니까?

씨발. 웃기고 있네!

다 알고 있으면서 딴전 피기는.

한 식구라고 감싸는 걸 누가 모를 줄 알아?

제기랄… 이대로 가만히 넋 놓고 당할 순 없어.

무슨 뾰족한 수가 없을까…?

이런 젠장.

맘대로 되는 게
하나도 없네.

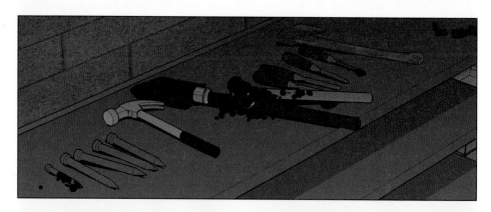

그놈이 오기 전에
여길 빠져나가야
할 텐데…

짝
짝
짝

나이스 샷~!

짝 짝
짝
짝

브라보, 멋진 샷입니다!

쉿.

휘이이이

턱 뎅

앗! 벙커네…

가만 보면 골프가 인생이랑 똑같아. 나름 잘했다고 생각했는데, 뜻하지 않은 사단이 나는 경우가 있잖소.

허허. 맞습니다, 회장님.

회장님.

조 검사 전화입니다. 급한 용무라는데요.

급한 용무…?

그래, 조 검사. 무슨 일인가?

기억하고 말고. 자네가 그 문제는 크게 걱정하지 않아도 된다고 하지 않았나…?

청소부 K

그게 좀 골치 아프게 된 것이…

사건 담당 형사에게 2,000만 원을 건넨 걸 그쪽에서 다 파악하고 있었습니다.

또 남 목사가 이사장으로 있는 K대의 Y간호대 인수 과정 특혜 의혹까지 언급하더군요.

흐음…

국정원이 우리가 한 일을 모두 알고 있다?

네. 직접적인 언급은 없었지만 김진을 조사할 경우, 이쪽 허물을 공론화하겠다는 의사표시를 분명히 하더군요.

허허허. 그럼 조사 안 하면 그만 아닌가?

그게…

…

그럼 자넨
이 일을 어떻게 했으면
좋겠는가?

어떻게든
녀석을 잡아야 되지
않겠습니까?

그놈,
제 아들 하나
납치한 걸론 양에
안 찰 겁니다.

분명히 이 장관이나
남 목사 아들, 나아가서는
용 회장님의 손자분까지
노릴 게 뻔합니다.

부

웅

내 손자까지…
그건 아니 될 말이지.

조 검사.
전화로 이러지 말고
우리 만나서 대책을
세우세.

그래. 이 장관이나
서 의원도 모두 부르는 게
좋겠군. 약속 정하면 임 부장
통해서 알려주게.
나도 참석할 테니.

그래. 그럼.

어서 타지.

비보를 늦게 접했네.
먼저 수희의 명복을 비네.

감사합니다…

아까
조재영 부장검사가
회사에 왔다 갔어.

자네가
지 아들을 납치했다고
펄펄 뛰더군.

그게 사실인가?

네. 맞습니다.

대체 어떻게
할 생각이야?

무슨 뜻인지
잘 알겠네.

나라고
자네 마음과
다르겠나?

하지만
허가 받지 않은
납치나 살인은 안 돼.
잘 알지 않나?

…

이봐. 김 과장.

뭐…
그놈은 자네가 알아서
처리하게.

자넨 자살로
위장하고 말이야.

뭐, 시체야 적당한
통나무 구해서
자네라고 우기면
그만이지 않은가.

유서에 그간의 사정을
폭로하고 억울함을 못 이겨
범행을 저질렀다고 써놓으면
저쪽도 어쩔 수 없을걸세.

그러고 나서 몇 년이 지난 뒤에 한 명씩 사고사로 위장해서 죽여.

검·경에서 이번 사건과 연관 짓지 못하도록 은밀히 말이야.

어떤가?

…

그건 실장님 스타일이군요.

그래. 이건 내 스타일이지.

20년 전 회사에 처음 들어왔을 때가 생각나네요.

그때 가장 먼저 배운 것이
'첩보원은 국익을 위해
범죄를 저지를 수 있는
사람이어야 한다'
였습니다.

그게 현장 요원의
숙명이라고 말이죠.

평생 그런 위험 부담을 안고
대한민국에 위협이 될 수 있는
표적을 숱하게 제거해왔습니다.

꺄아아악!

제가 살인을 할 때마다 제 자신에게 되뇐 말이 뭔지 아십니까?

Do not kill me.

"비록 내 행위가 폭력적이고 잔인하다 해도 이건 내 딸 수희가 안전하게 살 수 있는 나라를 만들기 위함이다.

Please…!

그게 내가 싸우는 유일한 이유다.

내 삶의 목적은 수희를 지키는 거다"라고…

그놈들…
절대 용서 못 합니다.

녀석들에게
사고사와 같은 자비를
베풀기에는 제 복수심이
허락지 않습니다.

말씀은
고맙지만, 놈들은
지금까지 겪어보지 못한
고통과 후회, 절망 속에서
처참하게 죽어가야
마땅합니다.

이봐. 김진.

잊지 말게.
반드시 24시간 안에
복귀해야 돼.

더 이상 지체하면
나도 어쩔 수 없네.
내 말 무슨 뜻인지
알겠지?

들어가십시오,
실장님.

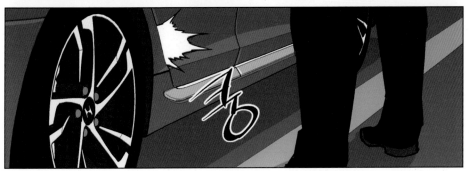

고집불통
같으니라고.

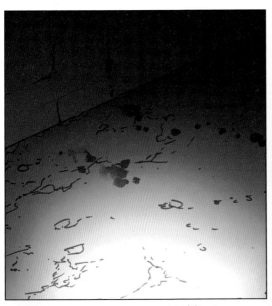

핏자국이
마르지 않은 걸로 봐선
그리 멀리는 못 갔겠군.

OAK ROOM

국정원
흑색 요원요…?

그게 정확히
어떤 의미죠?

아, 해외 첩보 활동을 담당하는 국정원 요원은 크게 백색 요원과 흑색 요원, 둘로 나뉩니다.

이 중 백색 요원은 해외 파견 시 영사관 무관 같은 정식 외교관 신분으로 주재국 정보기관과 협조하는 임무를 수행하죠.

이들은 정보 수집을 하다가 체포되어도, 면책 특권이 있기 때문에 본국으로 송환되면 그만입니다.

반면 흑색 요원은 특파원이나 무역업자, 선교사 등으로 신분을 위장한 채 상대국에 침투해 비밀 첩보 활동을 벌이죠.

이들은 정보 수집 및 공작 활동을 하다 간첩 혐의로 체포되더라도 국정원 소속이라고 자백하지 않습니다.

마찬가지로 한국 정부도 이들의 존재를 부정합니다.

만약 이들의 존재를 인정하면, 한국 정부가 상대국 영토 안에서 적대 행위를 했다는 걸 인정하는 셈이 되기 때문이죠.

때문에 흑색 요원은
잡히면 그 나라 법에 의해
교도소에 수감되거나
재수가 없으면 처형당할
수도 있습니다.

그러니까
흑색 요원이라는 게
제임스 본드 같은
비밀 첩보원이라는
뜻인가요?

예, 맞습니다.

아니… 지금 그년 애비가 국정원 소속의 비밀 첩보원이라는 걸 날더러 믿으라는 소리입니까? 진짜 어이가 없네요.

저도 황당합니다만, 국정원에서 자기네 요원임을 자인했으니 믿을 수밖에 없지 않습니까?

놈이 다니던 무역 회사도 국정원이 운영하는 유령 회사가 맞고… 그 때문에 왜 국정원을 건드렸냐고 윗선의 질책까지 받았습니다.

근데 서 의원님.

어디 몸이 불편하십니까? 얼굴이 안 좋아 보이십니다.

아,
그게 말씀을
듣다 보니…

아무래도
그놈이 중국서 절 구해준
해결사가 맞는 것
같아서요.

해결사요?

예.

조 검사님 사무실에서
그놈 처음 만났을 때
제가 사례 들렸던 거
기억나십니까?

그게 복장만 좀
다를 뿐이지,
중국서 본 해결사 놈과
똑같이 생겨서
깜짝 놀랐던 거죠.

그럼 그때 중국서 보지 않았냐고 한번 물어보시지 그러셨습니까?

그게 얼굴은 똑같은데…

직업도 판이하고 무엇보다 풍기는 분위기가 너무 달라서 말이죠.

사무실서 봤을 땐 소심한 월급쟁이처럼 보였는데, 중국서는 장난 아니게 살벌했거든요.

생각해보십쇼.

그 범생이처럼 생긴
안경잡이가 총칼로 무장한
조폭 대여섯을
손쉽게 제압하는 모습이…
상상이나 가십니까?

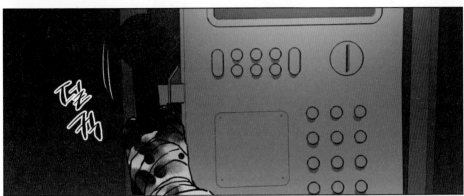

뭐, 뭐야…?

으, 으…

이, 이게
뭐야…?

아악!

제기랄…!

또야…

젊은 놈이라
그런지 잘 뛰네.
하마터면
놓칠 뻔했어.

아니,
경찰특공대가
투입되어야 할 상황을
그놈 혼자 해결
했다고요?

네.

구출된 뒤 바깥으로
나와 보니 우릴 납치한
놈들이 모두 부상을
입은 채 쓰러져
있더군요.

한 놈은
죽은 것처럼
보였고요...

히익!

피식

죄송하지만
과장이 너무 심하신 거
아닌가요?

아무리
비밀 첩보원이라도 해도
맨손으로 무장한 깡패들을
제압하는 건 무리가 있지
않나 싶은데요.

제가 굳이
과장을 해야 될 필요가
없지 않습니까? 전 제가
본 대로 말씀드리는
것뿐입니다.

자 자, 두 분 다
진정하시고.

지금 중요한 건
녀석의 활약상이 아니라
놈을 어떻게 처리해야 될지
대책을 세우려고 모인 거
아니겠습니까?

조 검사님
아들 문제부터 시작해서
우리 경호 문제까지
중지를 모아야지요.

내가 귀한 손님
한 분을 모시고 오느라
늦었으니 이해들
해주시게.

자, 소개하지.

척

알 만한 사람은
알겠지만,

정신이
들었으면 일을
시작하지.

오늘은
고해성사의
시간이다.

네놈과
그 패거리들이 내 딸
수희에게 어떤 짓을
했는지…

이 캠코더
앞에서 육하원칙에 따라
상세히 고백하고 회개하는
시간을 갖는다.

단, 거짓말을 하거나
같잖은 핑계를 댈 때마다
신을 대신해 네놈의 손가락을
하나씩 잘라주마.

무슨 말인지
알겠지?

자, 그럼
시작해볼까.

좋은 분들 만나 대접 잘 받고 가네요.

하하. 오늘 정말 유쾌한 자리였습니다.

하하. 별말씀을.

저희야말로 즐거운 자리였습니다.

김 원장님.

김진 그 사람 좀 꼭 부탁드리겠습니다.

알겠습니다. 아무리 국정원 요원이라고 해도 범죄를 저지르면 그에 합당한 처벌을 받아야죠.

내일 출근하자마자 감찰실장한테 지시할 테니, 걱정 붙들어 매십시오.

그럼 전 이만.

네, 살펴 가십시오.

다음에 또 뵙겠습니다.

우리도 네다섯 명씩은 붙어야 할 것 같은데.

네. 저희 식구들을 모두 동원하겠습니다.

그건 좀 아닐세.

경호는 주먹질하고는 차원이 달라.

싸움 잘하는 건달보단 팀워크 좋은 군 출신이나 무술의 고수들이 훨씬 낫지.

임 부장. 제대로 된 경호 회사에 의뢰해서 노련하고 믿을 만한 친구들로 뽑아보게. 돈 걱정은 말고.

네, 회장님.

아, 그리고 임 부장. 자네 식구들이 몇 명이나 되나?

한 50명 정도 됩니다만.

음, 그럼 자넨 그 식구들 총동원해서 내 아들을 찾아보게.

뒤탈 나도 상관없어. 뒷감당은 내가 다 할 테니 무슨 짓을 해서라도 영민이 죽기 전에 구해와.

알겠습니다, 검사님.

들어와.

부르셨습니까,
원장님.

야,
민동욱!

너 도대체
부하 놈 교육을
어떻게 시키는
거야!

앙!!

!

285

누구세요?

검찰
수사관입니다.

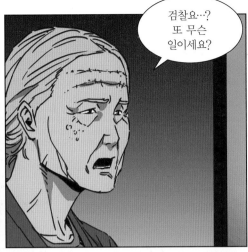

검찰요…?
또 무슨
일이세요?

아, 아드님
관련해서 들어온 소식이
있어서요.

알려드리려고
왔습니다.

우리 아들요?

네.
아드님 성함이
김진 씨 맞죠?

자, 잠깐만
기다려보세요.

때
리
리

우, 우리 아들한테 무슨 일이 생겼나요…?

조만간 생길 거야. 아주 나쁜 일이.

뭐, 뭐라고요…?

그래, 임 부장. 기다리고 있었네.

어떻게 됐어?

그놈 모친 잡았습니다. 좀 전에 창고로 데려가는 중이라고 애들한테 연락이 왔습니다.

위 이 잉

저도 지금 그쪽으로 가는 중이고요.

좋아. 잘했어.

분명 그 할마시, 김진한테 따로 연락을 취할 수 있는 전화번호가 있을 거야.

족쳐서
그 번호 알아내.

네, 알겠습니다.

놈과 연락이
닿으면 지 에미랑
내 아들을 교환하자고 그래.

뭐, 녀석도 앞뒤 상황을
알게 되면 자기 어머니를
그냥 내버려 둘 순 없겠지.

그리고 그놈이
현장에 나오면...

묻어.
그 에미도 같이.

체포
안 하고요?

이 사람 참.
알면서 왜 그래?

녀석이 살아서
입을 털면 우리 모두
곤란해져. 용 회장님도
마찬가지고.

삐삐

어차피 그놈,
국정원 끈 떨어진
뒤웅박 신세야.
묻어도 돼.

저벅

저벅

내가 어제 그랬지?
뒤탈 나면 책임진다고.

찌직

알겠습니다.

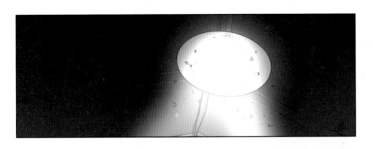

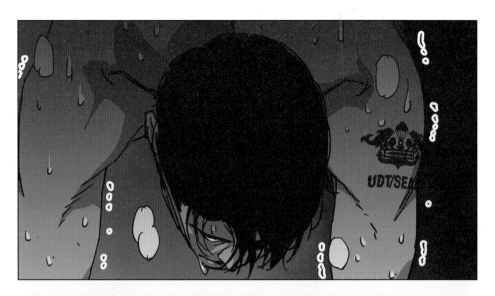

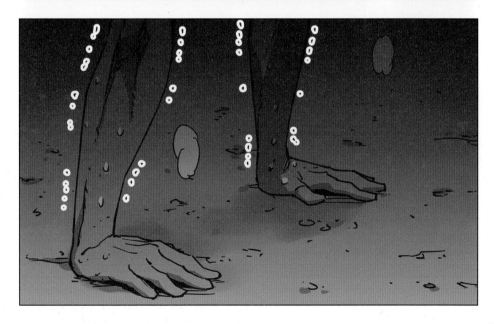

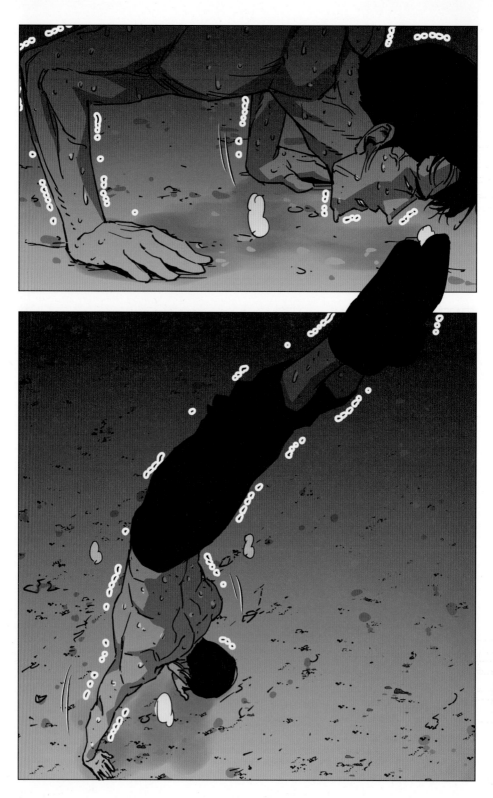

네, 실장님.

내 말 잘 듣게.

아무래도
조 검사 측에서 힘을
좀 쓴 모양이야.

자네가 하려는 일이
사회적으로 큰 이슈가 되면
회사에서도 상당히
곤혹스러워할 거야.

국정원 요원이 법과 질서를
무시하고 사회를 어지럽힌다는
식의 언론 공세부터 시작해서…
특검과 청문회까지 갈지도
모르지.

아무튼
회사 입장에선 상황이
그런 식으로 악화되는 걸
원치 않을 거야.

조 검사 비호 세력도
마찬가지일 테고.

그렇게 되면 최악의 경우,
양측 간의 합의 하에 자넬
제거하기 위해 다른 요원을
투입할지도 몰라.

그 점을 명심하고 움직이게.

이 시간 이후 정말 긴급한 경우 말고는 자네에게 연락을 하지 않을 걸세.

미안하지만 내 안위를 위해서야.

혹시 내가 전화를 다시 해서 내곡동으로 들어오라는 등의 회유책을 쓴다면, 회사가 모종의 액션을 취하고 있다고 판단하게.

그럼 행운을 비네.

알겠습니다…

2권에서 계속

청소부 K 1

초판 1쇄 인쇄 2018년 11월 28일
초판 1쇄 발행 2018년 12월 10일

지은이 신진우 홍순식
펴낸이 김문식 최민석
편집 강전훈 이수민 김현진
디자인 손현주
편집디자인 홍순식 박은정

펴낸곳 (주)해피북스투유
출판등록 2016년 12월 12일 제2016-000343호
주소 서울시 마포구 독막로 178-1, 5층 (구수동)
전화 02)336-1203
팩스 02)336-1209

ISBN 979-11-88200-43-6 (04810)
　　　　979-11-88200-42-9 (세트)